내 이름은 태양꽃

# 내 이름은 태양꽃

한강 동화 · 김세현 그림

문학동네

# 1

내가 태어난 곳은, 고동색 벽돌을 야트막하게 쌓아올린 담장 아래였습니다. 힘껏 떡잎을 흙 밖으로 내밀었을 때, 세상의 빛깔이 어두워 보여서 나는 좀 실망했습니다.
"땅속에서 나오기만 하면 환한 빛이 가득할 줄 알았는데……"
아무리 길게 목을 뽑아봐도 빛은 보이지 않았습니다.
"단단한 흙을 비집고 나오느라 얼마나 힘들었는데…… 몸 여기저기가 온통 멍투성인데."
나는 얼얼한 어깻죽지를 힘없이 늘어뜨리고 있었습니다.
그때였습니다.

"칫, 모르는 소리 말아."

누굴까? 어디서 들려온 말소릴까? 두리번거리다가, 가슴과 배가 땅에 바싹 달라붙어 있는 풀을 보았습니다.

"세상이 지금 네 눈에 어둡게 보이는 건, 담장 때문이야."

"그게 무슨 얘기야?"

"바보, 지금 네 눈에 보이는 게 세상의 전부라고 생각하는 거야? 저 담장이 만들어놓은 그림자를 벗어나기만 하면 환한 빛 천지라구."

"그런 얘길 하는 넌 누구니?"

"난 담쟁이야. 걸어다니는 덩굴."

"걸어다닌다구? 발도 없는데?"

담쟁이는 자랑스럽게 웃으며, 단단히 땅을 짚고 있는 가슴팍의 자잘한 갈고리들을 나에게 보여주었습니다.

"이게 있으니까, 난 너처럼 실망 같은 건 안 해. 힘차게 자라나기만 하면 여길 벗어날 수 있거든. 저 담장을 타고 넘어서 밝은 곳으로 갈 거야."

그렇다면……

활짝 웃음을 베어문 담쟁이를 바라보며 나는 생각했습니다.

나도 열심히 자라나야지. 저 친구와 함께 담장을 타고 넘어가야지.

흙 속에서 지쳐 쉬고 있던 뿌리에 문득 힘을 주며 나는 웃었습니다.

2

비록 햇빛은 들지 않았지만 가끔 보슬비가 뿌려주었습니다. 그다지 양분이 많은 땅은 아니었지만, 나는 아침마다 가슴을 활짝 펴며 자라나려 애썼습니다. 그러나 하루하루 나는 지쳐갔습니다. 담쟁이 때문이었습니다.

녀석은 아주 빨랐습니다. 걸어다닌다는 녀석의 자랑이 꼭 맞게 느껴질 만큼 시원스럽게 줄기를 뻗어갔습니다. 내가 기대어 있는 담장을 하루가 다르게 야금야금 타고 오르더니, 마침내 얼굴을 담장 꼭대기까지 올려놓았습니다.

저렇게 가버리는 건가.

나는 물끄러미 담쟁이를 올려다보았습니다. 담쟁이도 조금은 서운했는지, 얼른 담을 넘지 못하고 뒤를 돌아보았습니다.
"안녕, 가엾은 풀아. 다시 널 만날 수는 없겠지."
내 눈에서 이슬이 흘러내린 건 그때였습니다.
"울지 마."
그사이 부쩍 어른스러워진 목소리로 담쟁이가 말했습니다.
"그늘진 데서 이슬을 흘리면, 몸이 차가워져서 얼른 자라지 못해. 날 봐. 여기까지 오는 동안 한 번도 울지 않았잖아."

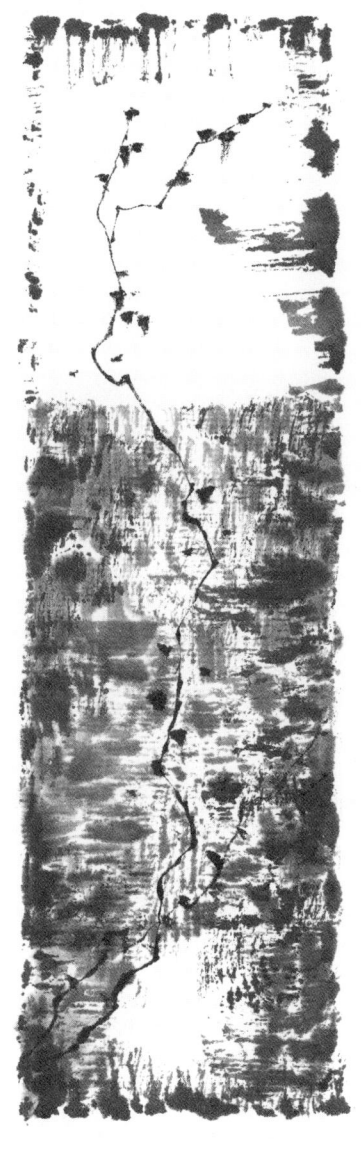

그러나 그때쯤 나는 알고 있었습니다. 내가 얼른 자라지 못하는 건 이슬 때문이 아니란 걸요. 태어날 때부터 이미 나는 담쟁이처럼 빨리 자라는 줄기도, 힘차게 땅을 짚는 갈고리도 갖고 있지 않았던 겁니다.

 마침내 담장을 넘는 담쟁이의 뒷모습을 나는 말없이 올려다보았습니다. 날이 저물고 있었습니다. 이슬이 식으며 어깨가 추워졌습니다. 나는 고개를 수그렸습니다.

 결국 나는 혼자 남은 겁니다.

3

담장 이편에 남아 있는 담쟁이의 긴 다리를 나는 쓸쓸히 내려다보곤 했습니다. 그의 눈과 귀는 지금쯤 얼마나 먼 데까지 뻗어나갔을까요. 그곳은 얼마나 밝고 아름다운 곳일까요.

혼자 있는 시간은 천천히 흘러갔습니다. 담쟁이만큼 빠르지는 않았지만 나도 조금씩 키가 자랐습니다. 키가 자라고 보니, 멀리 담장이 드리운 그림자 너머로 양지바른 꽃밭이 보였습니다. 색색이 곱게 핀 꽃들 위로 따스한 햇빛이 고여 있었습니다.

그 모습을 건너다보며 나는 이따금 생각했습니다.

나도 언젠가, 꽃을 가질 수 있을까?

내 몸에도 꽃이 피어날 수 있을까?

하지만, 빨리 자라는 줄기도 갖지 못한 내가 어떻게 꽃을 가질 수 있겠어요? 나는 감히 기대하지 않았습니다. 다만 '그럴 수 있을까' 상상하고 있자면 가슴 한켠이 가만히 밝아져오곤 했을 뿐입니다. 내가 서 있는 곳이 담장 밑이라는 것을, 종일토록 햇빛 한 점 들지 않는 버려진 땅이라는 사실을 까맣게 잊을 만큼 환하게요.

언제부턴가 그 밝아진 가슴이 싸아하게 아파오기 시작했습니다. 저릿저릿 잔뿌리들이 소스라치고, 이마에 홧홧 열이 올랐다가 이내 내리곤 했습니다. 나는 그 까닭을 몰랐습니다. 밤마다 몰래 흘린 이슬이 잠결에 싸늘하게 식어 감기에 걸린 모양이라고만 생각했습니다.

나에게 꽃이 피어났다는 걸 안 건, 어느 이른 아침 꿀벌이란 녀석이 거기 이마를 부딪혔기 때문이었습니다. 나도 모르게 큰 소리가 터져나왔습니다.

"아아! 아아, 아파."

그때까지 한 번도 느껴보지 못한 날카로운 아픔이었습니다. 내 몸에 그렇게 연약한 부분이 있었다니요.

"미안, 미안해. 네 꽃잎을 못 봤어. 똑똑히 안 보여서 그랬어."
꿀벌이 말했습니다.
"괜찮아…… 그런데, 꽃잎이라니?"
"네 꽃이 핀 걸 아직 몰랐단 말이야?"
윙윙윙, 꿀벌은 웃음을 터뜨렸습니다.
"멀리서부터 네 향기를 맡고 꿀을 따러 왔는걸. 괜찮겠어?"
"무, 물론이지!"
꿀벌이 내 꽃술에 얼굴을 묻었을 때 나는 기뻐서 그만 비명을 지를 뻔했습니다.
나한테 꽃이 피었다구?

내 꽃이 피었다구!
잠시 후, 가득 채운 꿀자루를 짊어지며 꿀벌이 인사했습니다.
"안녕. 정말 맛있는 꿀이야. 고마워."
"잠깐만."
막 날아오르려고 날갯짓을 시작한 꿀벌을 나는 다급히 붙잡았습니다.
"저기 말이야."
조심스럽게 나는 물었습니다.
"아까, 내 꽃잎을 못 봤다고 했지?"
"응."

어째서였을까요. 꿀벌의 목소리는 마지못해 대답하는 것처럼 들렸습니다.

"그게 무슨 뜻이야? 똑똑히 안 보였다니? 잘 이해가 안 돼서 그래."

어깨에서 흘러내리는 꿀자루를 추스르며, 꿀벌은 우물쭈물 대답했습니다.

"사실, 너 같은 꽃은 처음 봐…… 꽃잎에 빛깔이 없잖아."

"빛깔이, 없다구?"

나는 놀라서 되물었습니다.

"거의 투명한걸. 잠자리 날개처럼."

그럴 리가.

나는 말을 잇지 못하고 있었습니다.

"천만에! 우리 날개는 저렇게 생기지 않았어요."

때마침, 꼬리가 붉은 잠자리 한 쌍이 꿀벌의 머리 위를 날아가다가 투덜거렸습니다.

"아닌가? 그럼 뭘까? 뭘 닮았다고 해야 할까?"

출렁거리는 꿀자루가 무거워 못 견디겠는지 꿀벌은 자꾸만 윙윙 소리를 냈습니다. 어서 대답을 해주고 집으로 돌아가고 싶은 눈치였습니다.

먼 바다 냄새를 싣고 온 서늘한 바람이 어느샌가 다가와서 참견을 했습니다.

"글쎄, 내가 보기엔 해파리 같은데? 투명하게 하늘거리는 게."

"해파리요?"

꿀벌이 눈을 동그랗게 떴습니다. 저만큼 날아갔던 잠자리들도 멈춰서 귀를 기울였습니다.

"아니면, 말미잘 촉수 같기도 하고."
 하지만 나도, 꿀벌도, 잠자리들도, 해파리와 말미잘이 어떻게 생겼는지 알 도리가 없습니다.
 "에이, 무슨 소린지 하나도 모르겠다. 미안하지만 너무 무거워서, 난 이만 가볼게."
 눈을 끔벅거리고 있던 꿀벌이 힘차게 날갯짓을 하며 떠나갔습니다.
 "우리도 가요. 어쨌든, 그쪽이 우리와 닮지 않았다는 것만은 분명히 해둘게요."
 잠자리들도 새초롬히 저희들이 가던 방향으로 날아갔습니다.
 "내가 너한테 더 잘 설명해줄 수 있다면 좋으련만…… 미안하구나."
 서늘한 바닷바람이 마지막으로 떠나갔습니다.

4

내 꽃은 대체 어떻게 생긴 걸까요. 웅덩이라도 곁에 있다면 비춰볼 수 있을 텐데요. 내가 있는 곳이 그늘이 아니라면, 그림자로 모양만이라도 알 수 있을 텐데요.

내 곁을 지나가는 이들에게 나는 묻곤 했습니다.

"나비야, 난 어떻게 생겼니?"

"말벌아, 난 무슨 꽃이니? 나 같은 꽃을 본 적이 있니?"

"산바람 아저씨, 나와 비슷한 향기를 가진 꽃을 아세요?"

그들의 대답은 모두 비슷했습니다.

"설명하기가 너무 어려운걸."
"한 번도 너 같은 꽃은 본 적이 없단다."
"미안하다, 난 너무 바빠서."
눈부시게 아름다운 날개를 가진 호랑나비만은 여섯 개의 손에 잔뜩 묻힌 내 꿀을 쪽쪽 소리내어 빨며 자세히 말해주었습니다.
"솔직히, 너 같은 꽃을 본 건 태어나서 처음이야. 모두들 마찬가질 거야. 그러니까 이제 꼬치꼬치 물어대는 건 그만해둬. 다들 말은 안 해도 귀찮아하고 있다구."

실망해서 고개를 수그린 나를 위로하듯 호랑나비는 말했습니다.
"넌 꿀단지가 무척 커다랗고 깊어. 꿀도 달고 맛있고…… 하지만 사실 꽃잎이 하도 이상해서, 예쁘다고는 못 하겠어."
"아주 못생겼어?"
나는 힘없이 물었습니다.
"글쎄, 못생겼다기보단…… 그냥 좀 이상하게 생긴 것뿐이야."
팔랑팔랑, 화려하고 향긋한 날개를 팔락이며 호랑나비가 말끝을 흐렸습니다. 얼른 내 곁을 떠나고 싶어하는 눈치였습니다.
"넌, 자꾸자꾸 똑같은 대답 듣는 게 지겹지도 않니?"

5

나는 자꾸만 상처를 입었습니다. 저녁바람 때문이었습니다. 꽃들의 주변을 지나갈 때면 최대한 몸을 움츠리고 속력을 줄여주는 저녁바람이, 나에게 올 때는 언제나 깜빡 잊고는 쌩 하고 공기를 가르곤 했습니다.

"아차, 미안해. 네 꽃잎을 못 봤어."

저녁바람은 어쩔 줄 몰라했습니다.

"어쩌지? 그러잖아도 연약한 꽃잎에 내가 자꾸만 상처를 남기니."

저녁바람이 스치고 간 자리가 아파 나는 밤마다 몸을 뒤척였습니다. 벌컥 화를 내며 항의해보기도 했지만 소용없었습니다.

"왜 자꾸 잊어버리는 거예요? 거기 내 꽃이 있어요. 제발 조심해주세요."

저녁바람의 대답은 한결같았습니다.
"미안해. 어쩔 수 없었어."
나는 지쳐갔습니다. 나비들도 꿀벌도, 양껏 꿀을 빨아먹은 뒤에는 막 아물려 하는 내 꽃잎의 상처를 무심코 건드려 덧나게 하곤 했습니다.
"아차, 미안."
"거기 네 꽃잎이 있는 걸 몰랐어."
나는 더이상 참을 수 없었습니다.
"다시는 내 꿀을 따러 오지 마."
"너도 마찬가지야."
"모두, 모두! 내 앞에서 없어지란 말이에요!"

6

견딜 수 없었습니다. 억울했습니다. 나도, 빛깔 있는 꽃잎을 갖고 싶었습니다. 저 양달에 핀 장미처럼 붉은 꽃잎을요. 들국화처럼 보랏빛이어도 좋아요. 물망초처럼 푸른빛이어도 좋아요. 아무도 내 꽃잎에 상처를 입히지 않도록 선명한 빛깔이 있다면. 아, 빛깔만 있다면.

언젠가부터 나에게 벌들이 찾아오지 않았습니다. 나비도 날아오지 않았습니다. 나는 그 까닭을 알고 있었습니다. 내 꿀을 배불리 먹고 간 배추흰나비가 오후 내내 배를 앓았다고 저녁바람이 전해주었거든요.

"어쩌지, 네 꿀에 독이 생긴 모양이야."

"잘됐네요."

나는 쌀쌀하게 대꾸했습니다.

"모두한테 그 얘길 전해주세요. 아무도 나에게 찾아오지 않도록요."
쯔쯔, 저녁바람은 혀를 찼습니다.
"내가 굳이 소문내주지 않아도, 더이상 아무도 널 찾지 않을 거야. 네 꽃냄새가 달라진걸. 달큼하던 향기 대신 독하고 씁쓸한 냄새가 나는걸."
쯔쯔, 혀를 한 번 더 찬 뒤 저녁바람은 떠났습니다. 떠나면서 다시 할퀴어버린 꽃잎이 쓰라려왔습니다. 나는 이를 악물었습니다.
아무도 찾아오지 않아도 좋아.

모두가 떠나가도 좋아.

잘됐어, 정말로 잘된 거야.

그런데 왜 자꾸만 이슬이 흘러내리는지 나는 알 수 없었습니다. 잎사귀들이 흠뻑 젖더니, 밤이 되자 줄기 밑동까지 얼어붙은 듯 추워졌습니다. 새벽이 가까워질 무렵, 나는 떨리는 목소리로 외쳤습니다.

"왜 나만 혼자서 이렇게 괴로워야 하는 거야?"

"하필이면 왜 나만!"

아무도 내 말에 대답해주지 않았습니다. 두툼한 먹구름장 뒤에 숨은 달과 별들도, 저편 꽃밭의 향기로운 꽃들도 모두 단잠이 들어 있었습니다.

그때였습니다. 어디선가 낯선 목소리가 들려온 것은.

"……정말, 너만 혼자서 괴로운 거라고 생각하니?"

누굴까요?

나는 흠칫 놀라 고개를 두리번거렸습니다.

나말고 누가 이 깊은 밤에 잠들지 않고 있었던 걸까요?

"저 꽃밭에선 다들 행복할 거라고 생각하니? 진딧물들이 잔뜩 달라붙어 단물을 빨아먹는 바람에, 예쁜 봉숭아들이 밤낮으로 숨죽여 앓고 있는 걸 모르니? 여린 줄기를 뚫고 날카로운 가시들을 돋워 내보낼 때마다 장미꽃들이 몰래 울음을 참는 걸 모른단 말이니?"

"너, 넌 누구야?"
더듬더듬 나는 물었습니다.
"지금 네 눈에는 보이지 않아."
"어디 있는 거야?"
"지금, 너로부터 별로 떨어지지 않은 곳에. 담장 바로 밑에."
"거기서 뭘 하고 있는 거야?"
"싹을 틔워내려고 애쓰고 있어."
나는 놀랐습니다.
"아직 세상으로 나와보지도 않았으면서, 어떻게 그런 것들을 알고 있단 말이야?"

그때 나는 그 목소리가 웃는 것을 들었습니다. 그렇게 쓸쓸한 웃음소리를 나는 처음 들었습니다.

"나도 세상에 나가본 적이 있어. 몇 번 되진 않지만, 그것도 아주 짧은 동안이었지만……"

고요하게 목소리는 이어졌습니다.

"애써 흙 밖으로 눈과 귀를 내밀었다 싶으면 언제나 비가 내리곤 했어. 내 바로 앞에 뚫린 담장 쥐구멍으로 빗물이 콸콸 흘러내려와서, 그 동안 내가 낸 흙구멍이 다시 틀어막혀버리곤 했어."

어느 사이 나는 숨을 죽인 채 목소리에 귀를 기울이고 있었습니다.
"그러다보면 때론, 줄기를 뻗고 꽃을 피우고 열매를 맺는 따위의 일들이, 나에게는 영원히 불가능할 거란 생각이 들기도 했어."
"얼마 동안 그러고 있었던 거야?"
"나도 모르겠어. 네가 피어나기 훨씬 전부터. 담쟁이 녀석이 돋아나기도 훨씬 전부터. 빗물을 얻어맞고 정신을 잃고 있다가 땅속에서 깨어나면 다시 애를 써보고, 겨우 흙 밖으로 나왔다가는 다시 정신을 잃곤 했어."
목소리는 가만히 웃었습니다.

"하지만 오늘밤 난, 겨우 이마까지 흙 밖으로 내밀어본 참이야. 어떻게든 눈만이라도 내밀어서 다시 세상을 보고 싶다는 생각인데…… 그만 힘이 빠져서 잠시 쉬고 있었어.

상상할 수 있겠니? 땅속에서 눈을 뜨면, 잠깐 동안 보았던 세상의 기억이 얼마나 눈부신지 몰라. 세상에는 바람이 있고, 바람이 실어오는 숱한 냄새들이 있고, 온갖 벌레들이 내는 소리들이 있고, 별과 달이 있고, 검고 깊은 밤하늘이 있잖아. 그것들이 견딜 수 없게 보고 싶어지곤 해. 영원히 다시 볼 수 없을지도 모른다는 생각이 들 때면, 보고 싶은 마음이 더 간절해져."

나는 무슨 말을 해야 할지 알 수 없었습니다. 저 얼굴 모를 풀은 처음부터 다 듣고 있었던 겁니다. 내가 투덜대고 고함치며 모든 것을 미워하는 소리를 들으면서, 혼자서, 온 힘을 다해 흙을 뚫고 돋아나려 하고 있었던 겁니다.

"걱정 마."

오히려 나를 위로하는 듯 침착하게 풀은 말했습니다.

"난 믿어. 네 꽃은 언젠가 색깔을 가질 수 있을 거야."

풀의 목소리는 따스했고, 여전히 어딘가 쓸쓸하게 들렸습니다.

"색깔을 가지게 될 때, 아마 넌 아플 거야. 네가 멍투성이로 흙을 비집고 세상으로 나간 것처럼. 아니, 그것보다 더 아프다고 들었어."
 목소리가 들려오는 쪽의 어둠을 나는 뚫어지게 바라보았습니다.
 "넌 더 강해져야 해. 더 씩씩하게 견뎌야 해. 그리고 무엇보다,"
 풀은 잠시 말을 멈추었습니다.
 "너 자신을 사랑해야 해."

# 7

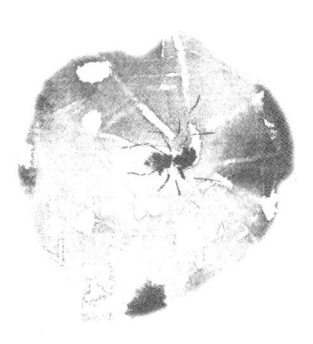

새벽부터 몹시 비가 내렸습니다. 조금 밝아지자 풀의 목소리가 들려왔던 쪽을 살펴보았지만 아무것도 보이지 않았습니다. 여태 풀이 뚫어놓았을 작은 흙구멍이 다시 막혀버린 모양이었습니다. 나는 외쳤습니다.

"거기, 내 말 들려요?"

"내 목소리 안 들려요?"

대답은 들려오지 않았습니다. 간밤의 목소리가 귓전에 생생했습니다. 이제 다시 가냘픈 흙구멍을 내기까지, 그 풀은 얼마나 오랜 시간을 혼자서 싸워야 하는 걸까요.

세찬 비가 내 잎사귀들을 때릴 때마다 휘청휘청 쓰러지려 하는 몸을 나는 꼿꼿이 곧추세우고 있었습니다. 오후 들어 비가 그치며 기온이 내려갔습니다. 구겨지고 젖은 꽃잎을 할퀴며 저녁바람이 지나갔습니다. 이슬이 흘러내리려 할 때마다 나는 담을 넘어가버린 담쟁이의 짙푸른 다리를 내려다보았습니다.

"울지 마"라고 담쟁이는 나에게 말했었지요. 이슬이 식으면 몸이 차가워져서 더 견디기 힘들다구요. 간밤에 그 풀도 말했습니다. 더 강해져야 한다구요. 더 견뎌야 한다구요.

그날 밤 나는 울지도 소리치지도 않았습니다. 힘이 빠질 때면 흙더미 아래 갇혀 있을 얼굴 모를 풀을 생각했습니다. 그의 조용하고 다정하던 말씨를 생각했습니다.

다음날, 아침바람이 내 곁을 지나갔습니다. 조심스레 나는 물었습니다.
"안녕. 혹시, 내 꽃잎이 조금 달라 보이지 않아요?"
아침바람은 상냥하게 대답했습니다.
"똑같은걸. 여전히 잠자리 날개처럼 투명해."
아침산책을 나온 잠자리 한 쌍이 고개를 저으며 날아갔습니다.
"우리 날개는 닮지 않았다니까요? 그게 뭔진 모르지만, 바닷바람이 보았다는 해파리를 닮았을 거예요."
날이 저물 때까지 나는 그늘 바깥의 태양을 향해 몸을 꼿꼿이 세우고 있었습니다. 햇빛이 그리웠습니다. 환하고 따스한 저 손길을 한 번만, 단 한 번만 내 얼굴에 느낄 수 있다면. 그럴 수만 있다면.

다음날 밤도, 그 다음날 밤도 비가 몹시 내렸습니다. 흙탕물이 나를 훑고 지나가자 하얀 뿌리의 윗부분이 흙 밖으로 드러났습니다. 온몸이 으스러지듯 아파왔습니다. 어김없이 아침이면 먹구름장은 물러갔고, 멀리 양달의 꽃밭에는 거짓말처럼 환한 햇빛이 드리워졌습니다.

　담쟁이가 담을 넘어간 뒤 느꼈던 허전한 마음과는 비길 수 없는 외로움이 찾아왔습니다. 뿌리의 상처 때문에 몸을 뒤척일 때면 이따금 막막한 생각이 들었습니다. 아무도 대신할 수 없고, 덜어내줄 수도 없는 이 괴로움을 언제까지 견디고 있어야 하는지요.

　어느 날 아침 나는 담장 곁으로 지나가는 사람들의 말을 들었습니다.

　"저런, 저 담장 밑에 볼품없는 풀 좀 봐. 흉측스럽게 줄기만 길게 구부러져서 자라났군!"

"원, 저게 꽃이라고 달린 거야? 구겨지고 지저분한 몰골이라니."
나는 눈을 감아버렸습니다.
한 번만.
단 한 번만, 그늘 밖의 저 따스한 햇빛을 느낄 수 있다면.
말소리들이 멀어지자 나는 눈을 떴습니다. 안타까운 마음으로 고개를 길게 빼어 양달에 핀 꽃들을 건너다보았습니다. 순간, 나는 놀랐습니다. 탐스럽던 장미송이들이 며칠간의 비에 모두 져내리고 없었습니다. 흰 봉숭아도 줄기가 꺾여 쓰러져 있었습니다. 남아 있는 다른 꽃들도 모두 지쳐 보였습니다. 멀어서 잘 들리진 않았지만 앓는 소리들이 희미하게 들려오는 것 같았습니다.

이번 비엔 무사했지만, 내 줄기도 저 흰 봉숭아처럼 꺾여버릴 수 있겠지요. 맨드라미처럼 뿌리가 아주 뽑힐 수도 있겠지요. 서늘한 바람결 같은 목소리가 내 머릿속을 스쳐 지나갔습니다.

"상상할 수 있겠니?"라고, 그날 밤 얼굴 모를 풀은 나에게 물었지요. 잠깐 동안 그가 보곤 하는 세상의 모습이, 냄새와 온갖 소리들이 눈부시게 아름답다고 했지요. 다시 검고 깊은 밤하늘을 보고 싶어 견딜 수 없다고 했지요. 풀은 말했지요.

"영원히 다시 볼 수 없을지도 모른다는 생각이 들 때면, 보고 싶은 마음이 더 간절해져."

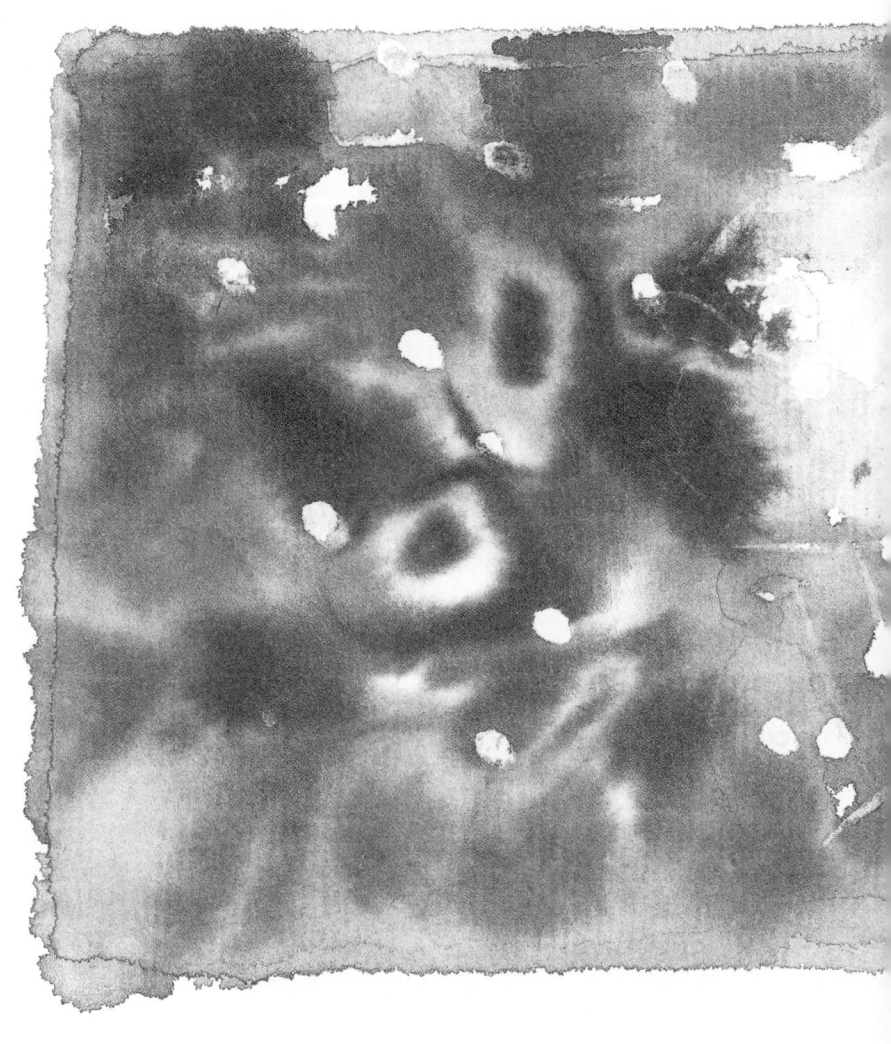

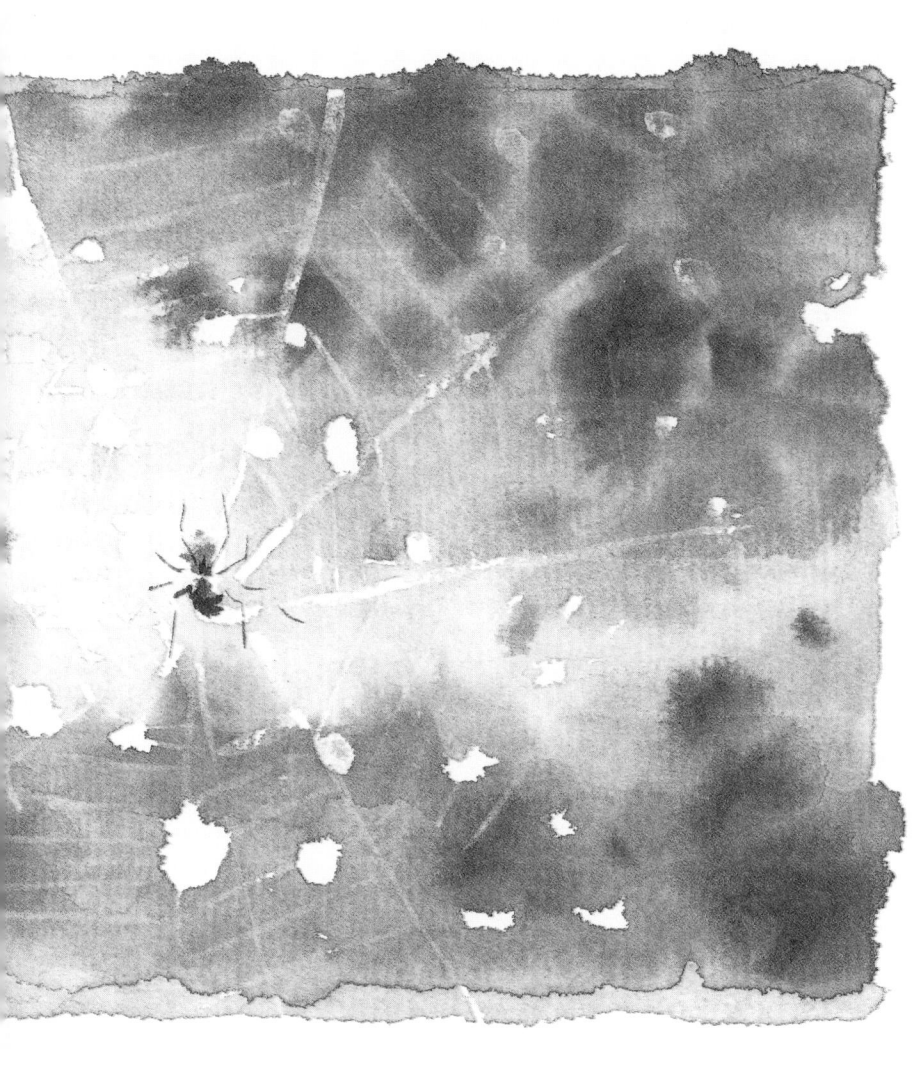

나는 깊은 잠에서 깨어난 것처럼 놀란 눈으로 주변을 둘러보았습니다. 담장 모서리의 거미줄에 영롱한 빗물들이 조롱조롱 매달려 있었습니다. 쓰르르쓰르르, 담장 너머에서 쓰르라미 우는 소리가 들려왔습니다. 밤이 찾아올 때까지 나는 눈을 커다랗게 뜨고 내가 볼 수 있는 모든 것들을 보았습니다. 검은 하늘은 얼마나 깊었는지요. 달빛은 얼마나 부드러웠는지요. 밤 공기는 얼마나 촉촉하게 젖어 있었는지요.

아침마다 나는 눈을 뜨고 내가 볼 수 있는 모든 것을 보았습니다. 모든 것을 귀 기울여 듣고, 모든 냄새를 가슴 깊숙이 들이마셨습니다. 처음으로 나는 참새들의 왁자지껄한 노랫소리를 좋아하게 되었습니다. 상냥하게 꽃들과 어린 풀들과 나무들의 안부를 물으며 불어가는 아침바람을 좋아하게 되었습니다. 물론, 그가 내 꽃잎을 조금 아프게 했지만요. 줄을 이어 식량을 나르는 부지런한 실개미들을, 산바람이 실어오는 아련한 청솔 냄새를, 여린 새털처럼 일렁이는 흰구름떼를 좋아하게 되었습니다.

며칠이 그렇게 지나갔을까요. 어느 이른 아침, 오랜만에 듣는 목소리가 내 귓전에 울렸습니다.

"윙윙, 다시 네 꿀에서 달콤한 냄새가 나는구나."

꿀벌이었습니다. 언제나 그랬듯, 녀석은 내 꽃술에 앉으며 날카로운 침으로 꽃잎을 건드렸습니다. 하지만 나는 화를 내는 대신 웃음을 지었습니다. 얼마나 그리웠던 누군가의 손길인가요.

"어서 와, 꿀벌아."

"와아."

꿀벌은 내 꽃술 위에서 놀란 듯 외쳤습니다.

"그 사이 네 꽃이 무척 포근해졌어. 야, 이 꿀은 정말 맛있어."

꿀자루 가득 꿀을 퍼담으며 꿀벌은 연신 탄성을 질렀습니다. 꿀벌이 명랑한 감사의 말을 남긴 뒤 날아가자, 나는 다시 혼자가 되었습니다.

시간은 천천히 흘러갔습니다. 꿀벌과 나비들이 이따금씩 찾아왔고, 저녁바람은 아프게 내 꽃잎을 스쳐가곤 했습니다. 내 드러난 흰 뿌리는 밤비가 내릴 때마다 뜨겁게 부풀어올랐습니다. 하지만 나는 모든 것을 보고 듣고 냄새 맡는 일을 그만두지 않았습니다. 나를 스쳐 지나가는 이들에게 짧게나마 인사를 던지기 시작했습니다.

"산바람 아저씨, 오랜만이에요."

"저런! 개미야, 다리를 다쳤구나. 어디서 그랬니?"

　조금씩, 나는 그들을 좋아하게 되었습니다. 예전에는 잘 살피지 않아 미처 알지 못했을 뿐, 그들에게도 기쁜 일과 슬픈 일이 있고 가끔 힘들어할 때가 있다는 걸 알게 되었습니다. 그들의 목소리와 표정을 정성 들여 살피고 읽는 법을 배워갔습니다.

그래도 외롭다고 느껴질 때면 나는 얼굴 모를 풀을 생각했습니다. 나로부터 그리 멀지 않은 곳에 묻혀 있는, 죽었는지 살았는지조차 알 수 없는 풀의 목소리를 생각했습니다. 내가 포기하지 않는 한, 그 풀 역시 포기하지 않을 것 같았습니다. 멀리 그늘 밖 하늘에 따스하게 떠 있는 태양을 향해 구부정한 허리를 뻗으며 나는 간절히 빌었습니다.

잊지 않게 해주세요.

그 풀이 나에게 처음 말을 걸어왔던 밤을 잊지 않게 해주세요.

세상 모든 것들을 이렇게 생생한 눈으로 사랑하는 법을, 살아 있는 동안 잊지 않게 해주세요.

9

그러던 어느 날 밤이었습니다. 점점 뜨겁게 부풀어오르는 뿌리를 앓다가 선잠에 들어 있던 나는 깜짝 놀라 깨었습니다. 내 몸 어느 구석에선가 탁, 소리와 함께 성냥불 하나가 당겨진 것 같았습니다. 여전히 세상은 어둠에 잠겨 있었지만, 마치 나에게 또다른 눈이 생긴 듯 어둠 속의 사물들이 또렷하게 보였습니다. 뜨겁던 뿌리는 어느새 서늘하게 식고, 대신 줄기 밑동에서부터 따뜻한 기운이 피어올라오기 시작했습니다.

뭘까?

무슨 일일까.

······혹시, 내 꽃에 빛깔이 생긴 걸까?

처음 꽃이 피어나던 때를 생각하자, 아무래도 그때와 비슷한 환한 느낌인 것 같았습니다.

아무래도, 아무래도 그런 것 같아!

한데 웬일일까요. 나는 기쁘지 않았습니다. 대신, 정신이 번쩍 나며 두려운 생각이 들었습니다. 그 동안 나는 빛깔을 갖고 싶다는 생각은 간절히 해왔지만, 그것이 정작 무슨 색깔일지는 미처 상상해보지 못하고 있었던 겁니다.

내 꽃에 빛깔이 생겼다면, 그게 무슨 색일까.

오랫동안 캄캄하고 괴로웠던 내 마음을 기억했습니다. 어둠 속에서 숱하게 소리쳤던 원망의 말들을 생각했습니다. 잎사귀가 흠뻑 젖도록 흘린 차가운 이슬들을 생각했습니다. 언젠가 담구멍으로 고개를 디밀었던 시궁쥐 한 마리가 생각난 건 그 순간입니다.

설마, 그 시궁쥐 색깔은 아니겠지?

나는 고개를 저었습니다.

아니야. 안 돼. 그런 색깔을 한 꽃은 이 세상 어디에도 없어. 아아, 어쩌자고 나는 그렇게 캄캄한 마음을 갖고 지냈던 걸까.

눈을 질끈 감으며 나는 고개를 흔들었습니다.
혹시, 강아지들이 담벼락 옆에 누고 가곤 하던 똥 색깔은 아닐까. 아니면 새카맣게 타버린, 담 모퉁이에 버려진 장작 같은 색은 아닐까?
줄기 밑동의 따뜻한 기운이 점점 뜨거워지며 피어올라왔습니다. 정수리까지 활활 타오르는 것 같았습니다.

# 10

마침내 동이 텄습니다. 얼마를 애타게 기다렸을까요. 아침바람이 가만히 불어왔습니다.
"아침바람님."
나는 다급히 불렀습니다.
"말해주세요. 내가 지금 어떤 모습이에요?"
아침바람은 벼락이라도 맞은 듯 놀라며 뒷걸음질을 쳤습니다. 자꾸만 뒤를 돌아보다가는 다시 고개를 돌리며 날아가버렸습니다.
"꿀벌아, 내가 어딘가 달라졌니? 밤새 달라진 것 같아? 온몸이 불에 덴 것 같아."
눈 나쁜 꿀벌도 다가오다 말고 눈을 질끈 감아버렸습니다.

"나비야, 잠자리야."
"대답 좀 해봐. 왜 다들 대답을 안 하는 거지?"
내 목소리는 차츰 잦아들었습니다.
"왜 다들 놀라는 거야⋯⋯ 대체 뭐가 잘못된 거야?"
그때였습니다. 오래 전에 들었던, 참으로 그리웠던 목소리가 들려온 것은.
"내가, 대답해줘도 될까?"
소리 난 쪽으로 고개를 돌렸을 때 나는 보았습니다. 저만치 떨어진 담장 밑에서, 환한 연록빛의 새싹이 얼굴을 내민 채 미소짓고 있는 것을. 갓 피어난 싹이 얼마나 아름다운 것인지 나는 그때 처음 알았습니다.
"너, 너무 아름다워."

내가 얼굴을 붉히자, 풀은 땀에 젖은 얼굴로 웃었습니다.

"너도 이렇게 똑같이 아름다운 싹이었는걸. 이 세상에 돋아난 모든 풀들이 다 그랬어."

"그럴 리가!"

나는 고개를 저었습니다.

"나는 세상에서 가장 추하고 볼품없는 꽃인걸."

연록빛 풀은 깜짝 놀랄 만큼 환한 웃음을 터뜨렸습니다.

"……네가? 추하고 볼품없다구?"

도저히 참을 수 없다는 듯 커다랗게 한참을 웃은 뒤, 풀은 숨을 고르며 말했습니다.

"만일 내가 너한테 이름을 붙인다면, 태양꽃이라고 부르겠어, 이 바보 친구야. 태양처럼 샛노랗고, 태양보다 눈부신 꽃아."

그 찰나, 먼 들에서부터 날아온 회오리바람 한줄기가 "미안해" 하며 내 몸을 회오리쳐 지나갔습니다. 나는 보았습니다. 찬란한 내 꽃잎들이 커다란 동그라미를 그리며 허공으로 솟구치는 것을. 미처 상상해보지 못한 아픔과 함께 꽃받침이 떨어져나가고 황금빛 꽃가루가 산산이 흩어지는 것을.

바람이 안고 날아가는 내 샛노란 꽃잎들을 나는 꼿꼿이 고개를 들고 바라보았습니다. 꽃잎들이 시야에서 완전히 사라진 뒤에야, 안타까운 얼굴로 나를 올려다보고 있는 연록빛 풀을 향해 눈길을 돌렸습니다.

풀이 물었습니다.
"……괜찮니?"
나는 대답하지 않았습니다. 대신 내가 지을 수 있는 가장 환한 미소를 지어주었습니다. 언젠가 그를 만나게 될 순간을 위해 오랫동안 연습해 왔던 따뜻한 웃음이었습니다.

왜 슬퍼하지 않느냐구요?
이제는 알고 있는걸요. 나에게 꽃이 피기 전에도,
그 꽃이 피어난 뒤에도, 마침내 영원히 꽃을 잃은 뒤라 해도,
내 이름은 언제나 태양꽃이란 걸요.

작가의 말

그런 것들이 있다. 아무리 절망하려야 절망할 수 없는 것들. 오히려 내 절망을 고요히 멈추게 하며, 생생히 찰랑거리는 '지금 이 순간'을 열어 보여주는 것들.

이를테면, 갓난아이의 얼굴만한 복숭아 다섯 개를 선물받은 뒤 차마 먹지 못하고 식탁에 올려놓고 있었다.

"사흘 전, 수요일에 딴 거래요."

선물한 이는 말했다. 덜 익은 채 수확돼서 유통중에 익는 과일들과는 달리 단맛이 끝까지 들었다는 것이다.

"아는 사람이 농장에 있어서 가봤거든요. 권하기에 한번 맛을 봤는데 얼마나 달던지……"

다섯 개의 커다란, 섬세한 주황빛이 도는, 말랑말랑한, 흰 솜털

이 돈은 복숭아들. 그 둥근 윤곽선, 가운데를 따라 얄따랗게 파인 홈, 날큼하게 솟은 꼭지까지, 어쩐지 성스러운 느낌이 들게 어여쁘다. 완전한 아름다움이다. 차마 칼을 댈 수 없다.

몇 번 망설이다가 하나를 골라, 공들여 씻은 뒤 껍질을 벗긴다. 흘러내리는 향긋한 즙을 혀끝으로 핥아본다. 한 조각을 잘라 입에 넣어본다. 아, 눈부신 맛이구나. 황홀하게 달콤하구나. 흐르는 시간을 멈추게 할 만큼.

지난 일 년은 나에게 시험의 해였다. 모든 것을 다 내주고 건강만을 받으라 한다 해도 그것이 충분히 공정한 교환이라는 것을 깨닫게 했다. 나는 그다지 강한 인간이 못 되므로, 이따금 절망했다. 그 시간들은, 스스로 의식하지 못하고 지냈던 나 자신의 숱한, 덧없는 어리석음과 오만 같은 것들을 힘겹게 깨우치게 만들었다. 그리고, 끈질긴 설득력으로, 살아 있다는 것의 기적을 나에게 가르쳐주었다.

그래서, 나는 이제 사랑할 수 있다. 가슴으로 받아들일 수 있다. 이 모든 폭력과 고통의 세계 속에서도, 가을 아침의 햇빛을. 한 조각의 달콤한 복숭아를. 웃고 있는 아기의 두 눈을. 깨끗한 눈물을. 모든 것을 무너뜨리며 동시에 모든 것을 우리 앞에 펼쳐주는 시간을…… 우는 새와 피는 꽃을.

새는 울고 꽃은 핀다. 중요한 건 그것밖에 없다.
절망할 수 없는 것조차 절망하지 말고……

— 정현종 시집 『나는 별아저씨』 중에서

지난해 초가을에 썼던 위의 글로, 이 짧고 단순한 동화에 대한 변명을 대신하려고 한다.
예쁜 책을 만들어주신 문학동네의 여러분께 감사드린다.

2002년 2월

韓 江

문학동네 어른을 위한 동화 16
내 이름은 태양꽃
ⓒ한강 2002

1판 1쇄 2002년 3월 11일
1판 9쇄 2024년 11월 1일

지은이 한강
책임편집 김현정 장한맘
저작권 박지영 형소진 최은진 오서영
마케팅 정민호 서지화 한민아 이민경 왕지경 정경주 김수인 김혜원 김하연 김예진
브랜딩 함유지 함근아 박민재 김희숙 이송이 박다솔 조다현 정승민 배진성
제작 강신은 김동욱 이순호 | 제작처 한영문화사

펴낸곳 (주)문학동네 | 펴낸이 김소영
출판등록 1993년 10월 22일 제2003-000045호
주소 10881 경기도 파주시 회동길 210
전자우편 editor@munhak.com | 대표전화 031)955-8888 | 팩스 031)955-8855
문의전화 031)955-2696(마케팅) 031)955-2678(편집)
문학동네카페 http://cafe.naver.com/mhdn
인스타그램 @munhakdongne | 트위터 @munhakdongne
북클럽문학동네 http://bookclubmunhak.com

ISBN 89-8281-479-5 03810

• 이 책의 판권은 지은이와 문학동네에 있습니다.
  이 책 내용의 전부 또는 일부를 재사용하려면 반드시 양측의 서면 동의를 받아야 합니다.

잘못된 책은 구입하신 서점에서 교환해드립니다.
기타 교환 문의 031)955-2661, 3580

www.munhak.com